LETTRE A M. DUPIN

IMPRIMERIE DE W. REMQUET ET Cie,

rue Garancière, 5, derrière St-Sulpice.

LETTRE

A M. DUPIN

PAR

M. POUJOULAT

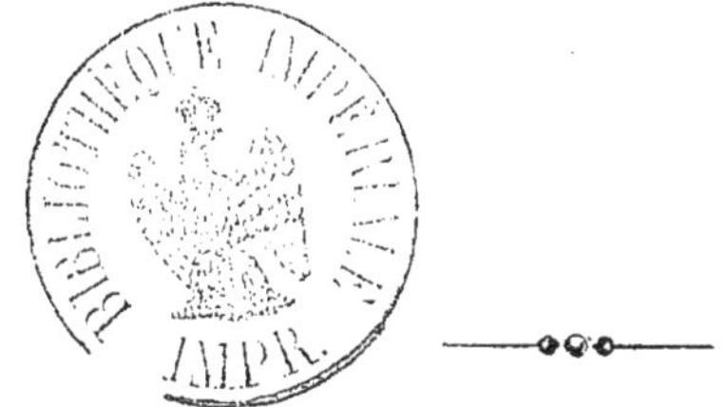

PARIS

CHARLES DOUNIOL, LIBRAIRE-ÉDITEUR

29, Rue de Tournon, 29

1860

LETTRE A M. DUPIN

Monsieur,

J'ai résolu de vous écrire ce que je pense de votre discours du 29 mars, et je ne veux pas manquer à ce que je dois de respect à votre âge, à votre rang, aux importants travaux qui ont marqué votre longue carrière ; l'émotion du cœur ne justifie pas l'injure, mon langage ne la connut jamais ; la vérité est trop belle pour que l'injure marche à ses côtés, et je n'ai pas besoin d'un auxiliaire de ce genre pour vous dire que vous venez de blesser le sentiment catholique : vous l'avez blessé avec un certain luxe d'amertume railleuse, tout à votre aise, et sans que la contradiction vous ait

causé grand dommage. Ancien et vigoureux défenseur
de toutes les libertés, vous ne serez ni étonné ni offensé
d'une libre appréciation de votre discours. On a pu
vous applaudir, il serait plus difficile de vous absoudre.

I.

Pour ôter au monde religieux le droit de se plaindre,
vous répétez, comme tant d'autres, que la question est
toute temporelle. On a fait de cela un axiome, afin de
désarmer et d'endormir. Cependant il est élémentaire
que cette question, se liant à l'indépendance même du
chef de l'Église, touche la conscience et prend dès lors
un caractère religieux. J'ai besoin d'être sûr que celui
à qui j'obéis dans l'ordre de la foi, obéit à Dieu seul. Je ne
sais pas au juste ce que vous souhaitez, mais je n'ignore
pas ce que souhaitent les adversaires dont nous suivons
la marche depuis un an ; c'est la fosse du pouvoir temporel qu'ils travaillent à creuser, se promettant d'y faire
trébucher la Papauté elle-même. Sans faire de vous un
Mazzinien ni un Garibaldien, je vous prie de remarquer
que ce n'est pas la diminution du territoire pontifical,
mais le principe même du pouvoir temporel qui se re-

mue au fond du débat. Or, l'abolition de la souveraineté temporelle serait l'abolition de la liberté du pontife. A moins d'un miracle continuel, la pureté de la foi est en péril, quand le dépositaire de la foi n'est plus son maître. Ne nous dites donc plus qu'il ne s'agit ici que d'une question temporelle. Un peu d'effort, et, en pénétrant plus avant, on découvrira la question religieuse.

II.

Vous prétendez que le « pays enlevé au Saint-Siége
« est la portion la moins intime de ses domaines, la plus
« contestée dans tous les temps, celle qui est venue le
« plus tard sous sa domination, celle qui n'y a jamais été
« attachée d'une manière complète, qui y est entrée
« par la guerre, ensuite par des capitulations, qui ne
« s'est perpétuée que par des occupations étrangères,
« et qui en réalité n'a jamais constitué que bien impar-
« faitement un véritable domaine pour l'Église, dont le
« siége capital est à Rome et dans la campagne de
« Rome. »

Eh quoi! vous êtes deux fois de l'Institut et vous trai-
tez l'histoire avec cette irrévérence! Comment! la por-

tion aujourd'hui indignement soustraite à l'autorité lé-
gitime est « celle qui est venue le plus tard » sous la domination des Papes, et ne leur a jamais complétement ap-
partenu ! Mais, homme de froides et doctes veilles, vous
vous laissez donc saisir par l'imagination et emporter
sur l'aile de la fantaisie. J'aurais bien envie ici de plon-
ger rapidement dans l'histoire pour établir et résumer la
vérité sur les mille ans de la souveraineté pontificale,
mais quel air me donnerais-je avec vous? Je ne suis pas
de ceux qui professent, mais de ceux qui étudient, et
vous, monsieur, vous êtes de ceux qu'on écoute. Je
n'ai rien à vous enseigner, je puis tout au plus éveiller
vos souvenirs. Constatons tout d'abord que les quatre
provinces envahies par la rapacité piémontaise appar-
tiennent précisément à cet antique exarchat de Ravenne, premier fondement de la souveraineté des papes.
L'exarchat comprenait les territoires de Ravenne, de
Ferrare et de Bologne, et la Pentapole ou les cinq villes
de Rimini, Fano, Pesaro, Sinigaglia, Ancône. Ce sont
les domaines concédés ou plutôt « restitués [1] » par la
glorieuse intervention carlovingienne.

Dans la seconde moitié du ixe siècle et au commence-
ment du xe, Jean VIII, Jean IX et Jean X veillent, selon

---

[1] *Restituenda Jura.* Orsi, *della origine del dominio.*

la mesure de leurs forces, à l'indépendance du patrimoine de saint Pierre.

Le serment d'Othon le Grand fut un hommage solennel aux droits temporels du Saint-Siége. Le grand réformateur Grégoire VII, Victor III, Urbain II, Pascal II, Gélase II, Grégoire VIII, Calixte II, souffrent violence, mais ne fléchissent pas ; les factions de Rome et les Césars d'Allemagne ne leur laissent aucun repos ; leur faiblesse dure et résiste ; elle demeure encore après que les plus grands cèdres sont déracinés. Les Romains, au temps d'Eugène III, méritent que saint Bernard trace d'eux un portrait qui est resté comme un châtiment. Les luttes d'Alexandre III contre Frédéric Ier profitent à la liberté de l'Italie. Le ferme génie, qui se nommait Innocent III, balaye les tyrannies usurpatrices amassées par le malheur des temps, relève ses droits temporels aux yeux de l'Italie, et rétablit dans sa plénitude la souveraineté pontificale. Grégoire IX, en défendant son autorité contre les desseins envahisseurs de Frédéric II, empêche l'Italie de disparaître dans l'abîme de l'oppression germanique. Rodolphe de Hapsbourg, avant de recevoir la couronne impériale, jure le maintien de la souveraineté temporelle du pape, et le serment fait mention expresse de la Romagne. Ce serment, prêté sous Grégoire X, ne fut tenu que sous Nicolas III ; celui-ci exigea de l'empereur la restitution de la Romagne et de tous les points des États de l'Église occupés par les Allemands.

Vous le voyez, monsieur, nous sommes à la fin du xiiie siècle et voilà déjà pour les papes une possession temporelle de plus de cinq cents ans, possession trop souvent interrompue par les méfaits de l'ambition humaine, mais toujours reconquise par la puissance du droit.

III.

Inscrirez-vous comme un bénéfice pour votre opinion l'établissement pontifical à Avignon durant ces trois quarts de siècle qui furent un si triste témoignage des destinées de l'Italie sans le Pape? Elle vit comme une image de ses propres lambeaux dans les lambeaux du patrimoine de saint Pierre : ce déchirement était le sien. Bologne n'avait rien gagné avec les Pepoli, les Bentivogli, les Lambertazzi, Ravenne avec les Polenti et les Traversara, Forli avec les Ordelaffi, Rimini avec les Malatesta, Imola avec les Alidosi, Foligno avec les Trinci, etc.; les songes antiques de Rienzi et sa politique théâtrale avaient passé sur Rome comme une tem-

pête; la métropole du monde n'était plus qu'une bour-
gade hérissée de tours, moitié citadelle, moitié tombeau, vaste amas de ruines où s'entre-choquaient les
factions des Colonna, des Orsini et des Savelli. Ce fut
le cardinal Albornoz, envoyé d'Innocent VI, qui triom-
pha des usurpateurs des États de l'Église; les popula-
tions courbées sous le joug respirèrent et se redressè-
rent en face du légat; elles le saluèrent comme un
libérateur. Martin V, Eugène IV, Nicolas V, Pie II,
affermissent et achèvent l'œuvre du temps, de la piété
et du génie. Les feudataires des États de l'Église appri-
rent à leurs dépens que la souveraineté ne leur appar-
tenait point. Je sais ce qu'on peut dire d'Alexandre VI et
de Jules II, mais c'étaient deux fortes têtes, et leur
vigueur fit bonne garde autour du patrimoine de saint
Pierre. Léon X et Sixte V donnèrent aux princes de
leur temps des leçons dans l'art de gouverner. Le reste
est connu de tout le monde jusqu'à la révolution fran-
çaise.

IV.

Vous dites quelque part, dans votre discours, que les
papes étaient les « vassaux des empereurs carlovin-

giens. » En êtes-vous bien sûr? Sous les Carlovingiens,
a-t-il manqué aux papes un seul des attributs de la
souveraineté? Ne frappent-ils pas monnaie, n'envoient-
ils pas et ne reçoivent-ils pas des ambassadeurs?
N'ont-ils pas le droit de paix et de guerre, et, à tous les
degrés, l'administration de la justice? L'objection tirée
de la dignité de patrice conférée à quelques-uns des
carlovingiens n'a aucune valeur; cette dignité n'était
pas la souveraineté, mais la première place après celle
du maître. Marca, dont Bossuet a dit que « c'était un
« homme d'un très-beau génie, » a parlé des patrices
comme gouvernant *sub principum imperio* [1]. Charle-
magne, mourant, recommandait à ses fils la défense des
droits temporels du Saint-Siége, mais ne comptait pas
les pays de Ravenne et de la Pentapole au nombre de
ses Etats. La réserve consignée dans le texte de la do-
nation ou plutôt de la confirmation de Louis le Débon-
naire ne tirait pas à conséquence; il n'y a pas trace
qu'elle ait amoindri en quoi que ce soit la souveraineté
des pontifes; cette réserve pouvait être comme une
précaution pour faire respecter davantage des domaines
si fréquemment exposés à la violence. Le même texte
parle de « restitution : » on ne garde pas pour soi ce
qu'on se glorifie d'avoir fait restituer. Quant à l'envoi de

---

[1] *De concordia sacerdotii et imperii.*

l'étendard de la ville de Rome et des clefs de la Confession de saint Pierre, c'étaient les signes de ce qu'il fallait protéger et non pas l'hommage rendu à un suzerain. La plus frappante preuve de la vérité de tout ceci, c'est que le jour où Carloman entreprit de convertir à son profit la protection du patrimoine de saint Pierre en suzeraineté, il rencontra l'invincible résistance de Jean VIII : il le persécuta, mais ne le réduisit point.

V.

Tels sont, en raccourci, les faits et les réalités historiques. On n'a pas toujours le temps de lire Muratori et le cardinal Orsi ; mais vous devez avoir Gibbon sous la main ; il réunit tout ce qui peut lui donner votre confiance, car il n'est pas suspect de penchant pour le parti clérical ; eh bien, ouvrez l'*Histoire de la décadence de l'Empire romain,* à la fin du chapitre XLIX, et vous y trouverez ces lignes sur la souveraineté des papes et leur grande place dans l'histoire moderne :

« Leur domaine temporel est aujourd'hui affermi par « dix siècles de respect, et le libre choix d'un peuple

« qu'ils avaient délivré de l'esclavage est leur plus beau
« titre. »

Vous ne voulez voir, monsieur, le domaine de saint
Pierre qu'à Rome et dans la campagne de Rome ; c'est
la théorie du presbytère avec jardin autour. Vous aviez
commencé par dire que vous n'entreprendriez pas, pour
votre compte, de contester au Saint-Siége ses posses-
sions, et puis tout à coup, à votre insu apparemment,
vous tombez dans le malencontreux projet d'idylle catholique qui a fait hausser les épaules à tous les hommes
de sens en Europe.

VI.

L'émotion qui s'est produite dans la catholicité vous
déplaît ; vous tenez à faire remarquer que rien de pareil
ne s'était rencontré quand Louis XIV mit la main sur
Avignon. Ce rapprochement ne servira pas votre cause.
De quoi s'agissait-il entre Innocent XI et le grand roi ?
D'une question trop mince pour remuer le monde, la
question des franchises des quartiers des ambassadeurs.
Louis XIV, poussant ses prétentions au delà de son
droit, et les soutenant par des moyens indignes de lui,

envoie à Rome le marquis de Lavardin qui fait son entrée en ennemi, à la tête d'escadrons de cavalerie. L'am-
bassadeur, chargé d'une mission refusée par beaucoup
d'autres, est excommunié, et l'église Saint-Louis des
Français, où il avait paru publiquement la nuit de Noël,
est mise en interdit. Louis XIV, dans son courroux,
s'abaissant à user de représailles envers une puissance
faible, envers un pontife sans défense, se saisit d'Avignon pour le rendre ensuite, comme il l'avait fait du
temps d'Alexandre VII, et finit par renoncer à ce qu'il
pensait être son droit.

Qu'y a-t-il de commun entre ce souvenir et la situa-
tion présente? On peut regretter, on regretta (en dehors
du parlement bien entendu) l'injure faite à Innocent XI,
mais l'idée ne vint à personne de s'inquiéter de la
Papauté et des conditions humaines de son existence.
Des brochures, armées en guerre avec plus ou moins
de précaution, ne partaient pas du cabinet de Versailles
pour s'en aller à travers le monde préparer les funé-
railles du pouvoir temporel du Pape. Des troupes françaises ne combattaient pas côte à côte d'un allié cons-
pirant en plein soleil contre la souveraineté du chef de
l'Eglise. Une presse audacieuse et puissante, en deçà
et au delà des monts, ne vomissait pas l'outrage et ne
lançait pas la menace contre la Papauté. Les fantaisies
du syllogisme, les nuages jetés sur l'histoire, les com-

plaisances de l'esprit et les complaisances de la bassesse n'achevaient pas l'œuvre de la force. On ne sentait point le monde moral chanceler. La douloureuse émotion des peuples catholiques vous surprend, monsieur, et vous importune peut-être ; mais la conscience humaine a de sûrs instincts, et ses alarmes ne sont jamais des chimères.

VII.

Vous n'avez pu résister au désir de justifier, en passant, la mesure contre les mandements des évêques ; ancien avocat de la liberté de la presse, vous trouvez bon que le premier venu puisse attaquer le Pape dans les journaux et qu'un évêque ne puisse pas y faire entendre sa parole ! Feuilles chargées de mensonges et de haines, partez, envolez-vous aux quatre coins du monde ; mais vous, lettres épiscopales, restez prisonnières, contentez-vous de la lumière blafarde du cachot, que le silence soit votre unique compagnon.

La patience est une vertu, trop de patience devient pour autrui une dangereuse tentation : c'est alors que les entreprises hardies se simplifient et que l'audace se

met à l'aise. L'interdiction dont on a frappé les mandements aurait dû, ce semble, soulever des tempêtes ; on
n'a entendu que de petits bruits, et M. Dupin a senti
qu'un bon vent soufflait dans sa voile. Mais, monsieur,
pour un homme qui a blanchi dans l'étude de la loi et
de la justice, quoi de plus sacré que le droit commun !
Vous l'aimez donc moins à mesure qu'il diminue parmi
nous, et plus il est facile aujourd'hui de toucher les
bornes du droit commun, plus votre passion pour la part
de tous se ratatine. Pourtant les ancêtres de votre pro-
fession, qui ont laissé d'éclatants vestiges, estimaient
beaucoup la vocation pour la défense de ceux qui ne
sont pas les plus forts.

Si les mandements n'ont pas été publiés dans les
journaux, dites-vous, « ils n'en ont pas moins été rédi-
« gés. » Vous y avez flairé des cas d'abus, et vous admirez la mansuétude qui n'en a pas fait justice. Vous
signalez les œuvres épiscopales qui ont soulevé « des
« susceptibilités privées » et donné lieu à des plaintes
judiciaires. Je me souviens de vous avoir vu à ces dé-
bats qui eussent mérité de retentir au loin ; franchement,
la cause que vous n'aimez pas en a-t-elle souffert, et le
prévenu en est-il sorti amoindri ?

VIII.

Vous trouvez étrange qu'on ait avancé que le domaine de saint Pierre est le bien de tous les catholiques ; en les présentant comme « des actionnaires qu'il faut appeler « à la défense du fonds commun, » vous mettez la Bourse à la place de l'Église ; vous nous peignez à votre façon, mais nous demeurons ce que nous sommes. Sachez-le donc, ce n'est pas pour le plaisir ni pour l'ambition du Pape qu'une souveraineté temporelle lui a été consti-tuée ; ce n'a pas été pour sa maison ni pour sa race ; c'est l'intérêt catholique qui a voulu, qui a fait le pou-voir temporel : cet intérêt catholique c'est le mien, c'est celui de tout homme qui professe la même foi que moi ; lorsqu'on attaque ce pouvoir, on m'attaque dans mon intérêt ; je le défends comme je puis ; si j'avais une épée, je la prendrais ; j'ai une plume, je m'en sers tant bien que mal ; à défaut d'épée et de plume, on a son obole de catholique ; le denier de saint Pierre fait en ce moment le tour du monde, et c'est ainsi que nous dé-fendons « le fonds commun. »

Des brochures sont parties de nos rangs ; oh ! le crime

irrémissible ! Vous dénoncez un « colportage servi avec
« ardeur par les nombreux affiliés de ces congréga-
« tions, non autorisées par la loi, qui se multiplient à
« l'état de réunions, de sociétés, de confréries, et qui
« s'infiltrent jusque dans les ateliers. » Votre ardeur ici
m'a paru inutile, car vos craintes avaient été devancées,
et l'on n'a pas attendu l'expression publique de vos vœux
pour leur donner satisfaction. Des précautions ont été
prises contre ce que vous appelez « la contagion : » on
sera désormais moins exposé à gagner la peste catholique. Vous déplorez qu'à la suite de l'*Encyclique*, on ait
prié dans toutes les églises de France, sans autorisation
du gouvernement; vous ne vous consolez pas de tant
de « faits irréguliers ; » vous auriez évidemment voulu
qu'on eût empoigné la prière et qu'on l'eût mise au
violon.

Vous appelez avec insistance l'attention du gouvernement sur les congrégations : elles resteront donc l'é-
ternel sujet de vos inquiétudes ! Quelle persevérante
jeunesse d'appréciation ! Les années s'accumulent en
accumulant les ruines, la révolution s'enfonce chaque
jour plus avant dans les entrailles de l'Europe, les sociétés secrètes étendent leur ténébreux empire, et vous,
penseur au soir de la vie, observateur et homme d'État
de vieille expérience, vous n'apercevez rien de plus
menaçant que les congrégations catholiques ! Vous avez

vu de près **1848**, vous avez vu les journées de Juin, et vous en êtes resté à la peur des congrégations ! et cependant vous êtes un homme de beaucoup d'esprit ! mais nul ne saura jamais les ravages que peuvent faire les préjugés dans une tête humaine. Ces réunions ont prié pour le Pape, et dès lors sont plus particulièrement devenues à vos yeux un danger public.

IX.

Vous ajoutez : « Sur tous ces actes, sur ces prières, « qui ne sont que des pétitions, la Providence a passé « à l'ordre du jour, et a laissé s'accomplir des faits qui, « sans doute, étaient dans ses desseins éternels. »

La Providence ! vous en parlez à votre façon, monsieur ; mais si vous aviez pris la peine de vous recueillir devant les leçons des âges, vous auriez compris que la Providence supporte, mais ne passe pas à l'ordre du jour. Elle a son temps et son heure pour les œuvres de sa justice. Quand elle permettait que les premiers papes fussent livrés aux bourreaux malgré les prières des catacombes, elle ne passait pas pour cela à l'ordre du jour. N'avez-vous point ouï dire que pas un des persécuteurs des papes, depuis dix-huit siècles, n'a échappé à l'expiation dès ce monde? La nomenclature de ces expiations historiques serait épouvantablement instructive. Les gens de bien, depuis qu'il y a des sociétés sur la terre, ont demandé à Dieu d'être leur bouclier contre l'iniquité : et parce qu'ils n'ont pas toujours été exaucés, la Providence a-t-elle passé à l'ordre du jour, et croyez-vous qu'elle n'ait rien fait dans ses desseins éternels ?

Pendant que le divin Crucifié était couché dans la nuit du sépulcre, ses disciples s'attristaient, priaient, attendaient. « Nous espérions qu'il délivrerait Israël, » disait Cléophas sur le chemin d'Emmaüs ; « et maintenant, ce « jour est le troisième depuis que ces choses se sont « passées ; » c'est-à-dire depuis le crucifiement de Jésus de Nazareth. Si vous aviez vécu à cette époque, monsieur, et si vous aviez rencontré Cléophas sur le chemin d'Emmaüs, vous l'auriez peut-être convié à la résignation, en lui faisant entendre que Dieu passait à l'ordre du jour sur les vœux, les prières, les « pétitions » des disciples. Et cependant, le troisième jour, au lever du soleil, les saintes femmes avaient trouvé roulée la pierre du sépulcre ; et celui qu'elles cherchaient s'était échappé de l'empire de la mort. On crucifie et on met au tombeau ; pour s'assurer du sépulcre, on y appose le sceau, et on y laisse des gardes. Soins inutiles ! la force divine brise les obstacles. Ce que les ennemis de l'Église croient enterré garde sa vie, et attend son heure.

X.

Le souvenir des agressions coupables dont Rome fut jadis l'objet vous amène à citer le connétable de Bourbon, comme « un triste exemple de ceux qui engagent té-« mérairement leur épée au service de l'étranger. » Tout le monde a vu dans ces paroles une allusion à la mission récemment acceptée par un illustre général, et vous n'avez pas démenti cette interprétation. J'ai donc le droit d'y reconnaître votre pensée. Elle est mauvaise, je vous le déclare sans détour.

Comment se fait-il que vous cherchiez à atteindre ce qui est noble et beau, par des insinuations pareilles ? Où est la vérité de la comparaison entre l'envahisseur sa-crilége de la ville des pontifes et l'empressement géné-reux du soldat pour soutenir le drapeau de saint Pierre ? Quand donc comprendrez-vous enfin que le Pape n'est pas un souverain « étranger, » mais qu'il est du pays de tous les catholiques, et qu'avant tout il est le chef auguste de l'immense famille à laquelle nous

appartenons ? Rappelez-vous deux choses, monsieur :
l'une que le principe de la chevalerie, principe si fé-
cond pour la civilisation moderne, était la protection
du faible ; l'autre que le respect du monde s'est toujours
attaché à l'élan du fils pour la défense du père. L'estime
ou le mépris est une affaire de sentiment public. Il a
tout à coup grandi dans l'opinion cet homme de guerre
pour lequel l'oisiveté des révolutions était un trop pe-
sant fardeau, et qui, se saisissant de son épée longtemps
suspendue dans les tristesses de l'exil, a pu dire : Une
grande et sainte cause est en péril, viens, ô mon épée !
suis-moi dans une destinée nouvelle : on ne se repent
jamais d'avoir pris le parti de Dieu.

Cette épée s'était fait jour à travers l'ennemi sur vingt
champs de bataille de l'Afrique, et avait resplendi comme
un glorieux éclair au milieu de la terrible brèche par où
nos étendards entrèrent dans Constantine. Elle avait en
Juin défendu les lois éternelles de la société dans la plus
gigantesque et la plus sanglante insurrection dont l'histoire ait gardé le souvenir. Aujourd'hui elle va où vont
les vœux du monde catholique, où l'appelle un auguste
persécuté, et plus que jamais c'est à la cause de la civilisation qu'elle se dévoue. Elle ne sera pas seule ; de
jeunes courages lui demanderont de leur servir de
guide. Il y a des noms qui créent la force et qui d'a-
vance gagnent les batailles.

Ce que vous avez laissé voir par insinuation, monsieur, d'autres l'avaient dejà écrit par maladresse.
Ceux-ci avaient continué à affecter des airs de respect
et même d'amour pour la cause du Pape : la mission de
l'illustre général leur donnait une belle occasion de faire
éclater la sincérité de leurs témoignages ; mais la pointe
de cette épée leur a piqué la gorge, et ces catholiques
d'une race à part n'ont pu retenir l'expression de leur
dépit. Quant aux ennemis déclarés de la souveraineté
temporelle, oh ! ceux-là étaient dans leur rôle, et je ne
leur conteste pas le droit de se fâcher. Une belle re-
nommée militaire au service du Pape, un général libé-
ral recherché par le Pape, tout cela donne à penser et
contrarie les thèmes éternels d'une incorrigible et mo-
notone hostilité.

Il faut que cette cause du Pape se distingue de toute
autre par un caractère mystérieux et profond. Elle
élève tout ce qu'elle touche et donne d'emblée la gloire ;
un capitaine, déjà de bonne taille, prend dix coudées
du moment qu'il dit au chef de l'Eglise : Comptez sur
moi.

XI.

Dans le banquet du 28 avril 1850, chez le nonce, prenant la parole en réponse aux remerciements du représentant de Sa Sainteté, vous disiez en présence du corps diplomatique : « La France a marché à la déli- « vrance de Rome et au rétablissement du Saint-Siége, « comme à l'accomplissement d'un devoir... nous som- « mes heureux d'avoir vu les autres puissances de la ca- « tholicité concourir à cette œuvre sainte; et, dans cette « gloire commune, nous ne réclamons d'autre part que « celle qui appartient naturellement à la France, en « vertu de son titre incontesté de Fille aînée de « l'Eglise. »

Votre récent discours n'a pas désavoué les souvenirs de 1849, et je vous en félicite, mais je ne m'explique pas comment la politique de l'assemblée et la politique de l'heure présente peuvent recevoir également votre admiration. Attaquer et chasser Garibaldi ou l'avoir pour allié, ce ne peut pas être la même chose ; rétablir Pie IX aux applaudissements du monde entier ou exciter par l'ébranlement de son pouvoir les vives appréhensions des catholiques, ce ne peut pas être le résultat et le fruit des mêmes délibérations et des mêmes pensées. La logique veut qu'on fasse son choix entre les deux politiques : elles ne supportent pas le même amour. Si notre expédition de Rome est un de ces hauts faits que l'histoire placera à juste titre parmi les « *Gesta Dei per Francos,* » d'autres événements ne sauraient occuper les mêmes places dans les pages des Gestes divins.

Le Dieu des armées est toujours content des armées françaises, mais le Dieu de justice n'est pas également content de tous les programmes qui triomphent.

Vous n'avez pas pu oublier ce côté gauche de l'assemblée que vous perciez souvent de vos traits, alors surtout qu'il bondissait sous la parole des défenseurs de la souveraineté pontificale ; eh bien, ces messieurs du côté gauche sont aujourd'hui en liesse : comment arrive-t-il que vous soyez satisfait comme eux et que la plupart de vos anciens collègues de la majorité ne soient pas satisfaits du tout?

La question des réformes dans les Etats Romains vous a fait prononcer un mot singulièrement malheureux, emprunté à la pratique de ce temps. Vous parlez « d'un « premier avertissement » reçu par le Pape avant même l'établissement du régime impérial. Il ne serait pas difficile à vos calculs irrespectueux d'en trouver un second et un troisième, et comme il n'y a pas loin de là à la suppression, vous diriez sans doute après les derniers coups portés : Ce n'est pas faute d'avoir été averti. Vous avez, monsieur, une bien triste manière d'égayer vos discours. Je ne sais pas si le coq chantera pour vous, mais je vous dirai comme l'évêque français dont vous nous contez l'histoire : *Utinam ad galli cantum resipisceret !*

XII.

Vous appréciez avec l'accent d'un cœur satisfait la guerre d'Italie ; en vous répondant, je me répéterais moi-même ; il y a des faits qui sont tout d'abord justiciables de la conscience humaine et qui, pour être à leur place, n'ont pas besoin d'attendre l'arrêt de la postérité. Vous appliquez aux souverains dépossédés le mot de la parabole : *Nolumus hunc regnare super nos ;* « Nous ne voulons pas qu'il règne sur nous. » En poursuivant le récit de la parabole, vous auriez vu que cette résistance ne porta pas bonheur : « Mais pour mes ennemis qui « n'ont pas voulu que je règne sur eux, amenez-les et « faites-les mourir devant moi. » Je ne vous cite ceci que comme conclusion du récit évangélique, et veuillez croire que je ne rêve ni vengeance ni châtiment. De notre temps, les princes qu'on chasse et qui reviennent ne font mourir personne. Il y a dans la parabole citée par vous un mot dont on aime toujours à se souvenir et dont chacun de nous voudrait rester digne : Courage, bon serviteur (*Euge, serve bone*).

Vous profanez une maxime d'un sens profond, lorsque, à propos des votes des Romagnes, vous proclamez le *Vox Populi, vox Dei*. La voix d'un peuple terrorisé n'est pas la voix de Dieu. Le suffrage universel qu'on prend au collet ne saurait être l'expression d'une volonté divine. Dieu n'est pas avec la rapacité qui conspire ni avec le scrutin qui ment. On voudrait en faire un complice ; il est un témoin, il est un juge.

Selon vous, ce qui s'est passé dans les Romagnes ne regarde pas la France.

D'un autre côté, le *Siècle,* qui parfois va droit au fait quand d'autres marchent d'un pas moins résolu, disait ces jours-ci [1] sans être démenti :

« C'est grâce aux victoires remportées par nos ar-
« mées, c'est à l'abri du nom français que les Romagnes
« ont conquis et conservé leur indépendance. »

Tout autre que vous trouverait embarrassante une aussi vive clarté.

[1] Le 10 avril.

XIII.

Dans votre livre *De la Présidence et des petites Annales,* monument curieux de votre vie officielle, je lis, à la date du 19 octobre 1849, et à la page 160, à l'occasion d'un discours de M. de Montalembert :

« *Nota.* C'est dans ce magnifique discours, vers la « fin, que M. de Montalembert a prononcé cette phrase « qui restera : l'Eglise a un vieux texte : *Non possumus,* « pris dans un vieux livre, les *Actes des Apôtres,* em- « prunté à un vieux pape, saint Pierre. Eh bien, avec « ce mot, elle vous conduira jusqu'à la fin des siècles, « et elle triomphera de vous. »

Vous admirez le *Non possumus* de l'Eglise quand il s'agit de la foi, mais il vous semble étrange quand il s'agit du domaine temporel. Vous auriez voulu que le Pape se fût contenté de la suzeraineté, en prétendant, ce qui est formellement contraire à l'histoire, que le Pape « n'a presque jamais eu que la suzeraineté des « Romagnes. » Assurément, monsieur, le *Non possumus,* en matière de foi, a une grandeur supérieure à toute autre résistance ; l'invincible fermeté sur le terrain du dogme donne le plus ravissant spectacle au ciel et à la terre ; mais, pour être d'un caractère différent, les devoirs sont toujours des devoirs ; vous avez beau ne mettre en avant que le cardinal Antonelli ; c'est le Pape lui-même qui, par la bouche de son ministre, a répondu qu'il ne renoncerait pas aux droits dont il était le dépositaire passager ; vous appelez cela du mauvais vouloir (*nolumus*), je l'appelle une honorable fidélité à vouloir conserver ce qu'on a reçu.

Vous avez une curieuse manière d'expliquer le serment des papes à leur avénement. « S'est-il jamais « trouvé, dites-vous, un souverain qui, à son avéne- « ment, ait prêté serment de n'être jamais conquis, « qu'on ne lui prendrait jamais rien ? » Il est trop aisé, monsieur, de triompher des absurdités qu'on prête aux autres, la raison et le bon sens peuvent se rencontrer aussi à Rome. Il ne s'agit pas, pour les chefs de l'Eglise, de jurer qu'ils ne souffriront jamais violence ; le passé leur a tout appris à cet égard ; il s'agit de jurer qu'on maintiendra, dans la mesure de ses forces, l'intégrité des domaines de l'Eglise et qu'on ne se prêtera volontairement à l'aliénation d'aucune partie des terres du Saint-Siége. Ce serment vous paraîtrait-il par hasard moins sacré, parce qu'il ne remonte qu'à 1692 ? Mais ce n'est pas vous certainement qui feriez dépendre de sa

date la sainteté du serment. Cela mettrait les cons-
ciences trop à l'aise, et c'est un bénéfice qui répugne-
rait à votre austère inflexibilité.

XIV.

La conclusion de votre discours, c'est que, pour donner satisfaction aux pétitionnaires, il faudrait faire une
nouvelle guerre et s'attaquer à l'œuvre du suffrage
universel.

« Offrez, dites-vous, offrez cette guerre à nos géné-
« raux, et dites-leur, malgré leur cœur plein d'obéis-
« sance, d'employer leur épée à défaire ce qui a été
« fait en Italie !!! »

Je ne suis pas dans le secret de nos hommes d'épée,
mais je remarque seulement que les trois généraux du
Sénat, dont le nom s'est mêlé avec éclat à nos souvenirs de Rome, n'ont pas voté comme vous.

Quant à l'œuvre du suffrage universel en Italie,
elle n'a pas aux yeux de tous le sérieux et la majesté
que vous lui trouvez, et le plus fort, quel qu'il soit, en
tirera toujours la chanson qu'il voudra.

Il y a une divine faiblesse qui fait la force de l'Église;

elle fait aussi la force de son droit temporel. Vous aimez les citations de l'Écriture ; en voici une de saint
Paul : *Cum infirmor, tunc potens sum*. Bossuet traduit
ainsi : « Je ne suis puissant que dans ma faiblesse. »
Je vous laisse, monsieur, avec ce mot qui a tout vaincu
ici-bas.

POUJOULAT.

Écouen, 12 avril 1860.

www.ingramcontent.com/pod-product-compliance
Ingram Content Group UK Ltd.
Pitfield, Milton Keynes, MK11 3LW, UK
UKHW022359120726
13694UKWH00005B/1968